泉　風信子句集

遠花火

東奥日報社

目次

春

八一句

絵本燃やし春をどんどん浮遊さす

水動く余分な春を押しのけて

双眼鏡におさまる春を捜しをり

硝子屋が来て三月を煌めかす

跳び箱の突き手春昼凹ませる

樹木医の幹を離れてみる日永

女臥す個室に遅日しのび込む

平日の花冷ふかき志功館

水を飲むすべてを春の闇に置き

啓蟄のビルから煙草の輪が一つ

夏隣り吊した影が喋り出す

杜氏来て朧月夜をかき混ぜる

撓ふべき竹折れてゐる朧月

クラリネット奇妙に酔ひて朧月

一枚の朧となりて担送車

朧夜のジャズに羽化する少女かな

朧夜のつくづく人で居る泪

春の雪何たる昏さあたたかさ

春の雪噂は耳を痒くする

春の雷鬼の目線で仏見る

真つ白なシーツに替へて春の雷

雪解風動かぬはずの樹の動く

角砂糖の溶け出してゐる春の月

じやんけんの鋏は春の空を切る

霾ぐもり子も孫も持つ蒙古斑

花曇木椅子に触れて尾骶骨

水底に陽炎のあり魚の恋

川幅を越えたる雪解川の音

雪形の種蒔き爺に風渡る

会心の礫を抛り斧業す

草餅のはんなり凹み寺普請

円空仏の激しき鉈に桜餅

野遊びのギターの穴の浮いてゐる

遠足の無邪気なうなじ谷渡る

花図鑑遠足の列乱しけり

春灯を零す一戸の力かな

満開の翳りを広げ花見茣蓙

鞄より春の疲れののぞいてる

掛かり凧一瞬透けて風に会ふ

風船に宿りし風を風揺らす
しやぼん玉滅ぶ一瞬翼なす
胸張つて嘘つくあとのしやぼん玉

かざぐるま風の言葉を運びけり

春の風邪妻との距離を確かめる

男傘細身に巻いて春の風邪

ものの怪の背中より来る花粉症

花粉症の眼で拝む女身仏

春眠の張りついてゐる羽根枕

平均的な貌が街ゆく建国日

建国日小箱に荒野詰めてゐる

仮の世のものばかり縫ひ針供養

雨音も灯りのひとつ雛まつり

昭和の日なにも語らぬ石がある

静脈にくすりの入る万愚節

牡丹餅の大きさ母の彼岸かな

涅槃図に楽しき貌を捜しけり

卓上のマッチを摺って修司の忌

修司の忌終刊号がまた一つ
上野駅はいま通過駅啄木忌
人間に鰓と尾の痕西東忌

春猫の股間ふくらむ薄目かな

札付きの泥棒猫が春の恋

鳥帰る煌々と空動かして

囀は何色母の墓は白

巣立つこと忘れて椅子に眠りをり

桜貝こころの向ふ側の色

桜貝誰が死んでも色淡く

公魚や波の勦さを抜けて来し

蜆買ふ舌を出してる奴を買ふ

寄居虫の流転至福かも知れず

パン焼いてふくらむ朝の桜かな

朝桜海より深く母眠る

さくら爆ぜ隙間だらけの屋台建つ

桜満開いま非常ベル押すべきや

これ以上は恐しきこと桜満つ

明るさが桜となつて崩れ出す
空の青編み込んでゐる花林檎
花りんご月に感じる色となる

蒲公英の指輪会ひたい人が居る

芹の青束ねて孤独引き抜きぬ

猫柳離れゆく子の切符買ふ

夏

九九句

砂場にはいつも崩るる夏景色
卵ほどの心音もちて明易し
大地みな根の走りたる半夏生

玉音のかすれる炎昼の日の記憶

炎昼の猿と目が合ふ父に似し

秋近し醤油つぎ足す匂ひかな

ビル地下にマネキン積まれ夏果てる

雲の峰水替への魚跳ねてゐる

雲の峰いま病み抜いた手を組ます

夏雲やいずれはヒトも絶滅種

足場組み屋根職帰る夏の月

風景の中のにんげん青嵐

黄と赤と瞬く梅雨の信号灯

岩手・盛岡のチャグチャグ馬コ

百頭の馬花となる梅雨晴れ間

老い犬に炎天づかづか近づきぬ

水田張る海霧の沖より亡者の声

雷匂ふ橋にヘアピン落とし来て

雷の帰つたあとの無数の靴

石碑に片陰置いて除幕式

夕焼のガラスの間にある翼

水筒に鈴の音させ泉汲む

水底にひかり膨れて滝になる

大滝の周囲に風の隙間あり

石庭に滝の時空の乾きをり

灯台を詩にしてしまふ夏休み

羅に錯覚といふ腕とほす

夏掛けに海を広げて眠りけり

ハンカチを敷き脈翅の仲間入り

夏帽子家郷を捨ててみたくなる

夏帽子あまたの戦死子ら知らず

思ひ出はいつも羽化して冷奴
戦争論に軟派はなくて冷奴
動乱の昭和史伏せてビール注ぐ

まだ嫁がぬひとり娘とビール飲む

梅酒くむ夫婦の風となる時刻

冷酒を胃の腑に沈め鳥になる

銀婚やサイダーの泡薄みどり

結界のひびきを立てて冷蔵庫

扇風機かぜの強弱まで律義

人葬り来て風鈴を吊り直す

風を得て風鈴の鳴る過去の鳴る

風鈴が鳴っていつから核家族

灯の中の夜店の見える橋の上

濃き闇になるため花火のぼりゆく

遠花火胸に小さな舟着き場

父の目が花火の音を聴いてゐる

指先に嘘をつかせる水中花

箱庭にガリバーほどの指紋かな

神を説く日傘が拒否されて去る

玉音を聞いた跣足に骨の音

汗かいて気宇壮大は拭ひ去る

夥しき汗夥しき若さかな

現実へ瞬間移動の昼寝覚

昼寝覚いきなり太き猫通る

身より去る力は追はず大昼寝

日射病豆腐のやうなビル並ぶ

拗ねた子がいつか輪に居る子供の日

父の日に父の写真の拳かな

石仏の石に戻りて原爆忌

人形のだらりと棚に原爆忌

裏方が火を運び来る薪能

神域に蛇落ちてよりの余白

郭公や瀬音のシャドーボクシング

郭公のふた鳴き六道の暗さより

郭公の水色の声木偶で居る

酒好きのまた一人来て鮎の宿

尾びれより金魚掬はれ花になる

仏性はひとまづ置いて蟹を割る

水になり蛍になつて海月くる

これまでは海月これからもくらげ
折鶴にも夏蝶にも風定まらず
大き蛾のゆらりと駅へ死にに往く

賞罰の欄をとび立つ蛍かな

トランプの捨て札すべる蛍の夜

古書店に蛍となつて居る時間

空蟬の歩む姿のまま軽ろき

蟻死んでまだ働いてゐる形

家蜘蛛の落ちて標本室に活気

靡くこと逆ふことも蜘蛛の糸

蚯蚓死に4Bまがひの線になる

兜虫忘れた歌の這ひ出しぬ

縄文の刻を跨いで行々子鳴く

羽抜鶏骨をも広げ鳴かんとす

葉桜や空のもみ合ふ音すなり

牡丹の華やかなりし自閉症
濃あじさい瞬けば海の色となる
過ちのことには触れず青胡桃

村ひとつゆがみて並ぶ青林檎

考へる形となりぬ青林檎

青林檎いま光体になる途中

宙《そら》からの円《まる》さをとらへ青林檎

青林檎いちばん遠い山光る

だまされて雄鶏を飼ふ青葉光

緑陰に人におびえた犬の居る

合歓の花喉入念に診られけり

メロン切る一瞬病める地球切る

豊饒の中の黒穂の抜かれけり

草いきれ足より加齢のぼり来る

蓮ひらく夢の続きに鬼の居て

秋

八四句

点さねば妣の写真の老ゆる秋

かくれんぼ秋へ次々潜り込む

津軽塗研がれて秋が匂ひ出す

秋の湯に割り込んで来る子のふぐり

郵便が残暑の顔でやってくる

八月の柱に戦争てふ黙示

時計巻く八月十五日を巻き上げる

岬の砲台朽ちて新涼ふくらます

新涼や光体となる母の茶毘

新涼の森に透明なる炎

身に入むや角つよく折る千羽鶴

朝寒の窯場に回はる火の匂ひ

朝寒や聖者のやうに牛座はる

糸切歯するどく妻の夜寒かな

水に照る女に淡き冬隣

母老いて言葉すれ違つてゐる良夜

秋の風失言のあと繕ひず

河童渕色なき風の吹き溜まる

余震しきり月夜は水の匂ひする

包丁を選る妻と居る無月かな

プラスチックの怪獣並ぶ無月かな

秋の風鈴はずせば風の相寄りぬ

天の川酒蔵味噌蔵並ぶ町

霧の夜の音して声して妻帰る

ふところに小刀花野の眼が怖い

画鋲で貼る留守の告知と大花野

大花野眠れば荒野かも知れず

晩年や明日は花野の番地持つ

大花野にんげんだけが棒で居る

嘘つけば爪噛む癖やとろろ汁

新蕎麦をすすぎ親族てふ細さ

秋灯し太宰の終章饒舌に

捨て樽の円さを満たし秋灯し

秋灯の一隅の闇にある磁力

千体のおしらの盛装秋灯し

灯火親し聖書に誤字の見つからず

捨て案山子時はたっぷり空にある

生き生きと風と棲むなり捨て案山子

案山子一匹浄土の空を深くする

案山子立つ匿名希望の貌をして

嘘ひとつ燃やし秋思を封じけり

缶詰へ刃を突き入れる秋思かな

年金を囮のやうに貰ひけり

震災忌夢の中では鰓呼吸

敗戦日かんかん詰開けた記憶だけ

爪の半月豊かなる娘の魂迎

拳あり掌ありて墓洗ふ

七夕は子の百カ日鏡拭く

赤い羽根トラックばかり通る道

子規忌の昼人間ドックの注射針

小鳥来て女の会話加速する

シャガールの馬馳らせて小鳥来る

鵙猛けて六道の辻狭くする

雁の列妻との距離を計りけり

半生に忘れもの多々秋刀魚焼く

秋刀魚食ふやがては独りになるふたり

虫鳴くや気泡の闇に妻と居し

江戸地図に家紋の屋敷地虫鳴く

虫籠の一つは鳴かず停車駅

虫籠に不機嫌な闇潜みをり

蜻蛉ふゆ母の遺せし庭と空

自爆テロの狂気八方蝗とぶ

金木犀をんな盛りの足が来る

金木犀散り初め嘘をつく日々に
かくれんぼ鬼のはじめは白芙蓉
鈴なりの林檎は狼藉といふべきや

次の世も他力本願栗拾ふ

鬼胡桃町並みゆがみしまま眠る

夕紅葉使えぬ鍵を持ち歩く

殉教の踏絵すり減り鶏頭花

コスモスを絶叫マシンが瞬時過ぐ

コスモスに溶けて坂道軽ろくなる

小菊一本活けて全てを活け終へり

芋剝いて言葉が一つ煮えてゐる

鷹の爪魔女が手招きするごとし

唐黍の匂ひてイエスの潜む村

唐黍の背骨のやうに並びけり

すすき原一揆の口伝光芒す

すすき皆禱りのかたち竜飛岬

白萩や正しき日本語取り戻せ

男郎花をのこは愚痴を吐かぬもの

暮れてなほ風船葛の丸みかな

風船葛ときどき平和詰めかへる

戦争を筐より出すな草の花

冬

八一句

駅舎出て冬の形の影となる

複写機に奈落の冬が溢れ出す

立冬の裏側回る観覧車

冬ざるるジャングルジムは口だらけ

大寒の柱はげしく軋みけり

挽き臼の心音に似る寒夜かな

肉貪り寒夜は失語症で居る

晩年といふ底冷の水明かり

一つ一つ凍てて傘寿の家となる

命綱冬の空よりたぐり寄す

仮名文字のやうに母寝て冬の星

十の顔に十の鼻ある隙間風

虎落笛研ぎ澄されし刃の並ぶ

虎落笛この道なりに歩みけり

摺師居て時雨の筋を多彩にす

傘の柄に温みを残し夕時雨

修司ひとり線路を歩む時雨かな

白日夢に帯の残像雪催ひ

大屋根の雪は翼になる時刻
海の起伏雪の起伏の上にあり
光年のつぎつぎ届く雪明り

並ぶグラス雪の光りに喋り出す

雪降れり家といふ傘消すために

雪降りて羽化する街となりにけり

雪降れり娘狂ふてゐる芝居

風花が別の時間の隙間より

夜の雪耶蘇は受難のまま眠る

雪しまく久女の一途かも知れず

雪しまく手がもの言えし無人駅

無免許の筈の寒雷走りけり

山ひとつ越え寒雷の走り来る

冬の虹家といふ箱並びけり

虹吐いて霧吐いて冬の山となる

冬野ゆく歩幅を父の鼓動とし

冬野あり視力検査の穴一つ

方円は夫婦のかたち寒の水

反論は崩されてゐる霜柱

雪原に鮫の航跡あるごとし

凍滝の神の太さとなりにけり

真夜中の電子レンジに鬼火溜め

子がつぎつぎ飛び込む海は掛布団

重ね着のまま死に顔を拝みけり

着ぶくれのソクラテス来る納金日

エレベーター浮力の中の毛皮かな

セーターに似合はぬ孤独しのばせる

子に外套翔び立たぬやう着せてやる

手袋のまま握手してその温み

熱燗やほどけゆくもの風に似て

華やかな音のはじまる寒卵

寒卵割って小声の人事案

冬構米ふっくらと炊きあがる

尾の記憶はるかに疼き日記買ふ

一灯の人の世彼の世冬籠

除雪車の海あり深き刻を掻く

針ほどの音寒撥の竹山師

嘘して誰も知らない鳥で居る

歎異抄の不思議な行間木の葉髪

こんにやくの何のてらいもなき重さ

雪礫風の真ん中光らせて

人影を踏んで握れる雪礫

雪玉を握れば空の音のする

雪焼の少女ら並ぶ献血車

耳ふたつ大地悴む音の中

晩年と書いては消して日向ぼこ

絵馬堂の鯨のまなこ切れ長に

明るさを広げて冬の小禽かな

光年のかけらとなりし冬の蝶

施錠してまた凍蝶で居る時刻

梟の眼の奥に棲む目玉かな

暗転も暮らしの一つ鳰鳴けり

鱈裂いて海の深みを掴み出す

鮟鱇の口だけ残る日暮どき

海鼠噛み諸行無常の旨みかな
寝疲れのぜいたくな海鼠かも知れず
譬ふれば憲法九条てふ海鼠

牡蠣吸ふて遥かなるものの疼きをり

室の花鏡の中で野生めく

枯れ残るものに大地の湿りあり

冬林檎この重たさを産む故郷

白菜剝ぐばさばさ着替へするやうに

白菜を陽の真ん中で割りにけり

新年

一五句

元旦や神の大鈴鳴り止まず

人日の綱をたぐれば深き川

人日や口寄せ呼ばぬ軍靴来る

初夢に荒野を歩む漢あり

初売りの人の手かくも大きかり

鏡餅晩年の座のあぐらかな

初湯出て父子が火照る鏡かな

数の子に耳を揺がす音のある

書くといふ心の電源初日記

折鶴を開くがごとく姫はじめ

彼の世より降る声のして手鞠唄

歌留多とり小町の恋をかき混ぜる

成人の日の川幅を跳びにけり

火の丈のつぎつぎ新たどんど焚

ビニールに包まれてゐる破魔矢かな

あとがき

今に始まったことではないが、「自分の俳句はことば遊びに終わっていないか。もっと響きのある俳句を目指すべきではないか」と悩むことが多い。たった十七音の日本語の世界は、言葉の編み方で無限に広がる世界なのだ。そして「俳句は語るものではない」と言う。入門から半世紀が過ぎ八十歳になった。

そんな矢先に結社から「陸」賞を受賞。また今回東奥文芸叢書のお話をいただいた。背中を押された思いである。八十歳は〝終活〟ではなく、新たな出発と考えることにした。

平成七年からの二十年間の「陸」「埠頭」「まほろば」「此岸」の作品を中心に抽出した三百六十句を歳時記に従って四季に分類。さらに各季を時候・地理・生活・行事・動物・植物の順に並べてみた。埋れていた歳月が動き出したような気がする。句集名「遠花火」は、初句集「熾火」の〝火〟に合わせた。

この叢書の出版に際してご尽力いただいた東奥日報社出版部に感謝を申し上げたい。

平成二十八年一月

泉　風信子

著者略歴

泉　風信子（いずみ　ふうしんし）

昭和十年、青森市生まれ。本名嶺《たかし》。小学時代は旧満州で過ごす。三十二年より作句。船水以南、秋元不死男に師事。「氷海」を経て平成三年、田川飛旅子主宰の「陸」に入会。ほかに「埠頭」「まほろば」同人、「此岸」代表。現在「陸」同人会常任理事、現代俳句協会会員、日本ペンクラブ会員。句集『熾火』、俳文集『志功まんだら』。二十二年第六回青森県文芸賞、二十七年第十三回陸賞受賞。

住所　〒〇三六―八二四一
弘前市桜ケ丘二丁目八―一一
電話　〇一七二―八八―二〇六八

東奥文芸叢書　俳句25

泉　風信子句集　遠花火

発行　二〇一六（平成二十八）年一月十日
著者　泉　風信子
発行者　塩越隆雄
発行所　株式会社　東奥日報社
〒030-0180　青森市第二問屋町3丁目1番89号
電話　017-739-1539（出版部）
印刷所　東奥印刷株式会社

ISBN－978－4－88561－223－7　C0092　￥1200E

東奥日報創刊125周年記念企画

東奥文芸叢書　俳句

加藤　憲曠　　新谷ひろし
藤田　枕流　　野沢しの武
草野　力丸　　工藤　克巳
畑中とほる　　吉田千嘉子
竹鼻瑠璃男　　高橋　千恵
土井　三乙　　徳才子青良
三ヶ森青雲　　橘川まもる
福士　光生　　田村　正義
吉田　敏夫　　小野　寿子
浅利　康衞　　木附沢麦青
増田手古奈　　成田　千空
宮川　翠雨　　日野口　晃
泉　風信子　　藤木　倶子
奥田　卓司　　佐々木蔦芳
松宮　梗子　　敦賀　恵子

（既刊は太字）

東奥文芸叢書刊行にあたって

青森県の短詩型文芸界は寺山修司、増田手古奈、成田千空をはじめ日本文学界をリードする数多くの優れた文人を輩出してきた。その流れを汲んで現代においても俳句の加藤憲曠、短歌の梅内美華子、福井緑、川柳の高田寄生木など全国レベルの作家が活躍し、その後を追うように、新進気鋭の作家が次々と現れている。

1888年（明治21年）に創刊した東奥日報社が125年の歴史の中で醸成してきた文化の土壌は、「サンデー東奥」（1929年刊）、「月刊東奥」（1939年刊）への投稿、寄稿、連載、続いて戦後まもなく開始した短歌・俳句・川柳の大会開催や「東奥歌壇」、「東奥俳壇」、「東奥柳壇」などを通じて、本州最北端という独特の風土を色濃くまとった個性豊かな文化を花開かせてきた。

二十一世紀に入り、社会情勢は大きく変貌した。景気低迷が長期化し、核家族化、高齢化がすすみ、さらには未曾有の災害を体験し、その復興も遅々として進まない状況にある。このように厳しい時代にあってこそ、人々が笑顔と元気を取り戻し、地域が再び蘇るためには「文化」の力が大きく寄与することは間違いない。

東奥日報社は、このたび創刊125周年事業として、青森県短詩型文芸の優れた作品を県内外に紹介し、文化遺産として後世に伝えるために、「東奥文芸叢書（短歌、俳句、川柳各30冊・全90冊）」を刊行することにした。「文化」の力は地域を豊かにし、世界へ通ずる。本県文芸のいっそうの興隆を願ってやまない。

平成二十六年一月

東奥日報社代表取締役社長　塩越　隆雄